Frances Hodgson Burnett

adaptado por Donaldo Buchweitz

O PÁSSARO DO MEU JARDIM

A verdadeira história do pintarroxo de *O jardim secreto*

Ilustrações

Venes Caitano

Dados Internacionais de Catalogação na Publicação (CIP) de acordo com ISBD

B964p Burnett, Frances Hodgson.

O pássaro do meu jardim: a verdadeira história do pintarroxo de O jardim secreto / Frances Hodgson Burnett; traduzido por Vera Renoldi; ilustrado por Venes Caitano; adaptado por Donaldo Buchweitz - Jandira, SP: Ciranda Cultural, 2023.

64 p.: il.; 15,50 cm x 22,60 cm. (Ciranda jovem)

Título original: My Robin
ISBN: 978-65-261-0077-6

1. Literatura infantil. 2. Literatura estrangeira. 3. Pássaro. 4. Jardim. 5. Amizade. I. Buchweitz, Donaldo. II. Caitano, Venes. III. Renoldi, Vera. IV. Título. V. Série.

CDD 028.5
2023-0622 CDU 82-93

Elaborado por Lucio Feitosa - CRB-8/8803
Índice para catálogo sistemático:
1. Literatura infantil 028.5
2. Literatura infantil 82-93

Produção: Ciranda Cultural
Texto: Frances Hodgson Burnett
Tradução: Vera Renoldi
Adaptação: Donaldo Buchweitz
Revisão: Fernanda R. Braga Simon e Lígia Barros
Produção editorial e projeto gráfico: Ana Dóbon
Ilustrações: Venes Caitano

1ª Edição em 2023
www.cirandacultural.com.br

Entre tantas cartas que recebo, destacou-se uma que me emocionou de forma especial. Era uma mensagem cheia de elogios, mas o que realmente tocou o fundo da minha alma foi a pergunta dirigida a mim.

O autor dessa carta estava lendo *O jardim secreto* e indagou-me:

–Você era a verdadeira dona do pintarroxo original, não era? Ele não podia ser apenas um personagem de uma fábula, e a minha intuição diz que ele era realmente seu.

Fiquei fascinada porque eram palavras vindas de alguém que, algum dia, tivera uma relação íntima com pássaros, em especial o pintarroxo inglês. Respondi com uma carta e expliquei da maneira mais precisa que pude o que vou relatar agora.

Eu não mais possuo um pintarroxo e, na verdade, foi ele que me possuiu, desde o início. De uma ave de nome indeterminado, ele se tornou um pintarroxo e depois uma pessoa e nunca mais foi unicamente um pássaro.

A espécie que existe na Inglaterra não é nada semelhante à espécie da América que tem o mesmo nome. O pintarroxo inglês é menor e tem uma forma diferente, pois seu corpo é mais arredondado, quase esférico, e suas pernas são finas e delicadas.

Ele se movimenta como um aristocrata e tem uma postura impositiva e fascinante. Seus olhos são grandes, escuros e brilhantes, e ele usa um delicado colete de penas, parecido com cetim rubro, que cobre seu peito redondo, e cada meneio de sua cabeça e cada balançar de suas asas revelam um significado que chega a ser dramático.

O meu lindo pássaro não tem a menor noção de modéstia, mostra um interesse por tudo ao seu redor, parece determinado a estabelecer contato com todos os membros da família, a qualquer custo, e não esconde o ciúme quando a atenção se volta para distrações menos importantes do que ele. Então, usa todas as artimanhas para conquistar e encantar, artimanhas às quais é difícil resistir. A intimidade com um pintarroxo inglês equivale a uma educação liberal.

Esse pintarroxo de quem falo, tive o prazer de conhecer em meu jardim de rosas, em Kent. Cheguei à conclusão de que ele nascera ali, entre as flores, e por todo um verão sentiu-se, ou pelo menos acreditou ser, o senhor daquela área. Assim, aquele lugar, que era limitado por uma parede de tijolos rosados, contra a qual se viam arbustos bem podados e moitas de louros encostadas contra a madeira, tornou-se um local místico e cheio de amor.

Sentar-me para escrever debaixo de uma velha e retorcida árvore, toda coberta de musgo e enfeitada de rosas, passou a ser uma obsessão.

Era um lugar onde reinava a perfeição do silêncio e se estabelecia uma distância infinita do resto do mundo, que superavam qualquer sonho. Mas eu não me permitirei falar sobre o jardim, porque quero me restringir ao meu pássaro, e deixarei a descrição daquele recinto para outra história.

Existia ali um universo com uma infinidade de seres humanos, alguns peludos, outros emplumados, os quais a minha presença imóvel já não amedrontava. Por esse motivo, não fiquei surpresa quando, em uma manhã dourada de verão, vi algo parecido com uma miniatura de galinha saltitando no gramado a poucos metros de mim.

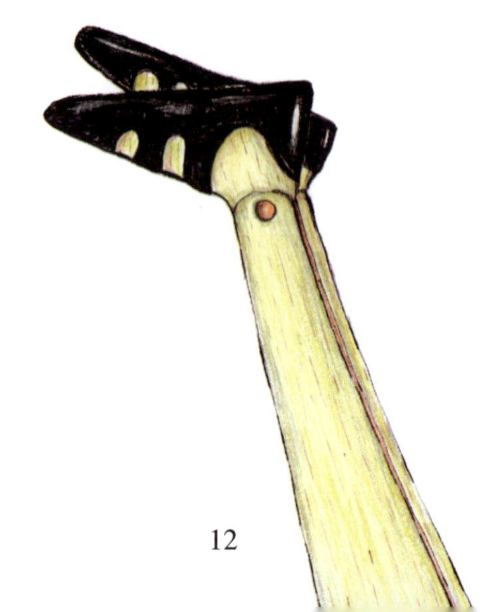

A grande surpresa aconteceu não porque o pássaro chegou até bem perto de mim, e sim pelo fato de que ele permaneceu tão próximo, dando saltos que pareciam demonstrar um desejo de que eu olhasse para ele, que me fitava com confiança e não furtivamente, mas como alguém que examina um novo objeto em seu reino.

A verdade, que vim a descobrir mais tarde, é que o meu pintarroxo não se dava conta de que eu era um ser humano, mas via um outro tipo semelhante a ele, que estava agora, pela primeira vez, em seu espaço florido. Para ele, eu não era uma pessoa, só podia ser um pintarroxo um pouco diferente dele.

E eu realmente me transformei em alguém igual a ele, mas secretamente e sem que ninguém se apercebesse da minha mutação. Essa descoberta permitiu que eu ficasse imóvel e visse nascendo em mim uma ternura que crescia a cada saltinho que o pássaro dava em minha direção.

– Como você faz para que ele chegue tão próximo, vindo ao seu chamado? – perguntou-me alguém, depois de alguns meses. – Como consegue isso?

– Só permaneço imóvel, acreditando que sou mesmo um pintarroxo.

Por eu estar imóvel, não demonstrar medo e não fazer o menor movimento que indicasse intenção de feri-lo, ele adquiriu CONFIANÇA. Entretanto, é necessário reconhecer sua fragilidade e, por algum tempo, desistir de se mostrar humano, porque só assim se torna possível o resgatar da maravilhosa emoção de uma comunicação sem palavras.

E, enquanto eu o observava, imóvel e relaxada, senti o poder dessa ausência de movimentos, mas percebi que não sabia que aquele passarinho era um pintarroxo. Ele era quase um recém-nascido e não tinha, ainda, as características de sua espécie. Mas aos poucos sua aparência negava que ele pudesse ser um tordo, um melro ou um simples pardal, pois mais parecia uma pintainha de cor indeterminada, sem nenhuma nuance minimamente rosada. Eu o fitava, e ele me fitava, sem nenhum preconceito, talvez até com satisfação, e continuava dando seus pequenos saltos bem à minha frente.

E essa atitude era ao mesmo tempo excitante e maravilhosa. Nenhuma ave, de nenhuma espécie, a despeito de saber que eu não apresentava perigo, continuaria pulando... sem ir embora.

Muitas delas haviam pousado em qualquer galho ou saltado leves como plumas, no gramado ou em algum arbusto próximo, chilreando e agarrando no bico um verme colorido, para depois voar para longe. Elas nunca permaneciam, como ele, parecendo ter o desejo de se mostrar presente ou que fizesse com seus movimentos suaves a sugestão de que queria tornar-se meu amigo. Também nunca ouvi, de pessoas com familiaridade com pássaros, que tivessem presenciado esse tipo de comportamento.

Pássaros são criaturas aladas que pedem para ser conquistadas com toda a delicadeza e prudência possíveis, para estabelecerem uma doce intimidade.

Continuei imóvel, imaginando, a cada salto, que seria o último antes de voar, mas ele pulou para mais perto ainda. Prendi a respiração por alguns segundos. Seria possível acreditar que ele se aproximaria mais ainda? A distância entre nós foi diminuindo, e a proximidade se tornou tão acentuada que logo o vi saltitando entre meus pés, enquanto ele me olhava sem nenhum temor. E isso determinou a mudança, mesmo sem nenhum ruído, de nosso encontro. Sentir-me um pouco ave e não só humana foi uma enorme felicidade.

Ainda sem me mover, comecei a emitir sons suaves, acariciantes, ainda mais delicados do que aqueles que fazemos para encantar uma criança. Eu desejava estabelecer uma comunhão mental e criar magia. E, a cada som, ele se aproximava mais e mais.

– Nunca imaginei que você chegaria tão perto de mim – murmurei, dirigindo-me a ele. – Você "sabe"! Sabe que nada, neste nosso paraíso, me faria mover meu braço ou assustá-lo de alguma forma e compreende isso porque é uma pessoa que se soma à sua adorável criatura emplumada. Sabe porque você é uma **alma**!

Depois dessa primeira manhã, descobri, passados muitos anos, que era esse o pensamento da senhora Mary quando ela se inclinou e tentou emitir sons de um pintarroxo.

Murmurei bem baixinho e acredito que o som das minhas palavras pareceu, para ele, o chilrear de um pintarroxo, porque me fitava com toda a atenção e voou para um arbusto quase colado à minha perna e ali permaneceu, mostrando que apreciara nosso mínimo diálogo.

Continuei bem, usufruindo a satisfação dele. Nem por uma mina de incontáveis rubis eu moveria um único dedo.

Acho que ele permaneceu ao meu lado por quase meia hora e, então, desapareceu, e eu nunca soube para onde ele tinha ido, pois, após saltar sobre uma rosa, o meu pássaro foi embora.

Esse misterioso desaparecimento tornou-se uma realidade, e nunca consegui saber onde ele vivia. Aquele era, sem dúvida, seu cantinho pessoal entre as rosas, era apenas isso que eu sabia. A ausência de medo me obrigou a refletir e a imaginar seus motivos, e, depois de muita indagação, cheguei a uma explicação que era só minha.

Meu pintarroxo nascera no roseiral e, sendo amoroso por natureza, quis ficar entre as flores e não acompanhou os outros da sua família, voando para além do muro, pousando nos arbustos de louro ou chegando perto do refúgio dos faisões. Mas, ao ficar no meio das rosas, sentiu-se solitário.

Sem irmãs ou irmãos e sem os pais, essa solidão o inquietava, e então ele viu uma criatura semelhante a ele, pois tenho certeza de que eu lhe parecia ser um outro tipo de pintarroxo, e aproximou-se de mim para ouvir minhas palavras.

Toda a sua postura se tornou mais segura, e ele emitia sons agradáveis, mas difíceis de explicar, que eram uma resposta ao carinho que ele sentia.

Era evidente que ainda não sabia voar, mas aceitava essa limitação porque seu instinto lhe dizia para ter paciência, e talvez por isso ele quisesse o conforto do lar que sempre conhecera para sentir-se menos desolado. Ele sempre retornaria a esse lugar.

As costumeiras chuvas de verão me obrigaram a ficar dentro de casa por alguns dias. Quando voltei ao roseiral e me sentei debaixo da velha árvore para escrever, não tive de esperar mais do que trinta minutos para sentir que algo me obrigava a desviar os olhos do papel, e vi um pássaro de cor indeterminada, pulando sobre a grama. Pelo brilho dos olhos dele, percebi que me reconhecia. Ele voltara porque sabia que éramos amigos.

Foi o começo de uma convivência que só poderia ser descrita em um livro. A partir de então, nunca mais duvidamos de que pertencíamos à mesma espécie, e nós dois sabíamos disso.

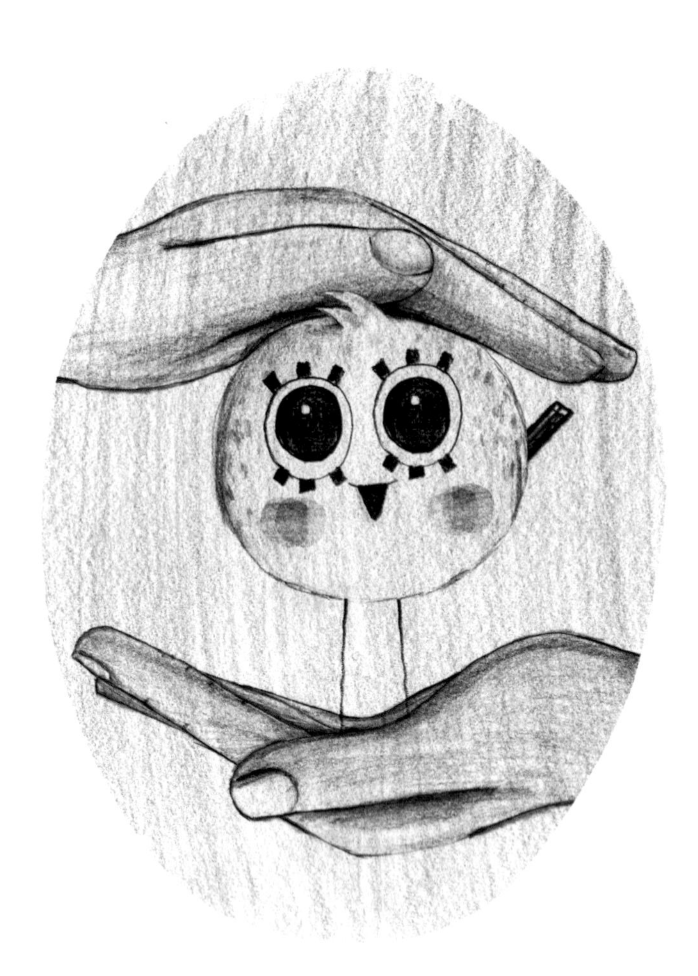

Todas as manhãs, quando eu chegava ao jardim de rosas, ele vinha ao meu encontro, como se quisesse explicações sobre nossas diferenças. E eu murmurava meus sons, tentando demonstrar que o adorava, e a cada dia ele se aproximava mais e mais. Em uma tarde em que me levantei para passear entre as rosas, ele me acompanhou com seus pulinhos encantadores.

Não sei quanto tempo se passou até que eu me conscientizasse de que ele era um pintarroxo. Um ornitólogo teria descoberto muito rapidamente, mas eu não tinha essa experiência. Porém, certa manhã, quando examinava as rosas *Laurette Messimy*, percebi que ele se aproximava com seu jeito misterioso e destemido. Ele ficou parado por alguns minutos, e senti medo de que algo pudesse ter acontecido. Então, vi um princípio de cor no peito dele, ainda não vermelho, mas com tons de castanho-rosado, e tive a revelação.

– Ah, então é assim... – murmurei para ele. – Você se traiu... Não adianta mais esconder, você é um pintarroxo!

Meu amigo não negou minhas palavras, e, em menos de duas semanas, o rubro colete surgiu em seu peito. Ele saltitava para lá e para cá, e se mostrava orgulhoso de sua nova roupagem e da recente maturidade. Passou a voar por distâncias um pouco maiores e continuava soltando trinados sem realmente cantar. Em vez de saltitar junto de meus pés, na grama, ele se arriscava a voar para algum galho da velha árvore, ficando mais perto de mim e inclinando a cabeça para ouvir o que eu dizia.

E eu dizia como o amava, como o colete dele era acetinado, como os olhos eram brilhantes e como eram delicadas e esguias suas perninhas. Era visível que ele se sentia feliz ao ser verdadeiramente apreciado, e mesmo que eu dissesse que não eram elogios, e sim verdades, meu pássaro se sentia mais confiante com minhas palavras.

Certa manhã em que eu cuidava das rosas *Laurette Messimy*, continuando a elogiá-lo, ele demonstrou maior entusiasmo, mas talvez fosse por causa de meu chapéu, que tinha uma guirlanda de pequenas rosas em torno da copa. Eu o colocara esperando que fosse do agrado do pintarroxo, e ele, arriscando-se a um voo mais longo, pousou entre as flores do chapéu que estava em minha cabeça.

Permaneci, como sempre, imóvel e prendi a respiração e reconheci aquele momento como de total felicidade de nosso encontro. Esse voo mostrou-me que ele estava curioso sobre o meu chapéu e estava descobrindo os detalhes daquela peça diferente. Permaneceu ali tempo suficiente para ter saciado sua curiosidade a respeito de chapéus, para depois voar.

A partir desse dia, nós nos aproximávamos sempre mais. Ele pousava sobre algum galho muito próximo da minha cabeça, escutava com atenção meus sons e respondia piando.

Às vezes, pousava sobre a folha onde eu escrevia e aparentemente ficava indignado por não conseguir ler a minha letra. Também passou a comer as migalhas de minha mão e depois pousava sobre o espaldar da cadeira e em meu ombro.

Então, quando eu abria a porta de entrada do roseiral, era recebida por asas girando em torno da minha cabeça, dando-me as boas-vindas. E, como sempre, ele vinha de algum lugar misterioso e depois voltava para lá.

Durante todo o verão, parecia maravilhado com suas novas habilidades, e achei que ele não era mais um simples pintarroxo, porque havia se transformado em uma fada. E como não imaginar que isso poderia acontecer?

Entre tantos eventos realizados dentro de casa, ele era o tópico de maior interesse. As pessoas, mesmo não o tendo visto, queriam ter essa oportunidade. "Podemos ir até o jardim para ver o seu pintarroxo?" Um dos meus hóspedes, que viera da América, acreditava que o pássaro se tornara um duende. Ninguém jamais vira um pássaro tão humano e que não tinha mais nada a ver com as aves.

Sempre que eu permitia visitas em meu roseiral, ele se comportava como um lorde. Entretanto, não se aproximava de mim quando eu abria a porta do jardim, apenas ficava por perto. Era como se reservasse alguns de seus encantos apenas para meu prazer.

Eu me perguntava quando ele começaria a cantar. Em uma manhã em que o sol estava forte a ponto de brilhar entre os galhos da velha árvore, coloquei uma sombrinha japonesa para sombrear minha área de trabalho e logo ouvi os trinados de uma canção que só podia vir de um pintarroxo, bem perto de onde eu estava sentada. Inclinei-me para ver o cantor e, para minha surpresa, ele havia pousado em uma das varetas de bambu da minha florida proteção.

Era ele, o meu pintarroxo, que entoava essa melodia, ainda sem abrir muito o bico, mas com o peito vermelho arrepiado enquanto chilreava. Talvez esse trinado fosse sempre assim quando entoado pela primeira vez, não sei, mas fiquei maravilhada e tentei lhe comunicar o quanto seu canto me fascinava. Disse a ele que nunca existira outro pintarroxo que cantasse tão bem, e ele voou, pousando em minha mesa como se quisesse que eu também cantasse.

Com o tempo, ele aperfeiçoou seu canto, com o bico bem aberto e se mostrando muito orgulhoso de sua façanha. Parecia acreditar que não existia no mundo um único pássaro que cantasse tão bem, e eu confirmava sua pretensão com palavras elogiosas, com a afirmação muda de que o esplendor de sua voz era inigualável e de que meu amor por seu canto nunca poderia ser descrito por meras palavras. Ele me compreendeu perfeitamente e, a cada dia, inovava sua canção.

Fiquei pensando que, se ele encontrasse outros pintarroxos, iria se gabar de ter me conquistado, mas não me parecia possível que isso acontecesse. Afinal, eu nunca tinha visto nenhum outro pássaro dessa espécie voando sobre nosso jardim para conversar com ele. Até o dia em que aconteceu algo bizarro.

Eu me sentei à mesa e ouvi um trinado conhecido vindo de um pintarroxo que pousara em um dos galhos de uma macieira. Convidei-o a vir para junto de mim, com meus sons, e esperei que ele viesse ao meu encontro, como sempre. Entretanto, apesar de reconhecer meu convite com seu chilrear de aprovação, ele não veio.

– Qual é o problema, meu lindo? Venha, venha até mim.

Intrigada com essa atitude inesperada, levantei-me e fui até a macieira e subitamente fui tomada por uma dúvida singular. Aquele pássaro se parecia com o meu Tweetie, que era agora o seu nome de batismo. Soltava trinados e trechos de canções, mas não vinha ao meu encontro. Seria outro pintarroxo? Tentei de todas as formas possíveis chamá-lo para perto de mim, mas em vão, porque ele não se movia do galho onde pousara.

– Ouça, não acredito mais em você. Há um mistério por aqui, porque, apesar das minhas tentativas, você parece ter medo de mim! Talvez não seja mais do que um punhado de penas, e sei que não se trata do meu Tweetie... você é um impostor!

Pode parecer inacreditável, mas, naquele momento em que eu discutia com o pássaro no galho da macieira, surgiu uma flecha avermelhada, o meu Tweetie, com a penugem arrepiada de fúria. Tornou-se evidente que o outro era mesmo um impostor, e o meu pintarroxo voou de encontro ao seu impudente rival. Com bicadas fortes e trinados de raiva, foi expulsando o intrometido, de árvore em árvore, para fora do roseiral, para além das grandes moitas de louro. Depois, não pude mais ver os dois pássaros.

Talvez o meu Tweetie tivesse matado seu rival, não sei porque não vi, mas o meu pintarroxo retornou, com as penas arrepiadas, e pousou sobre a minha mesa. Procurou ajeitar sua plumagem, mas não disfarçou seu aborrecimento com aquela imbecil que se deixara iludir com tanta facilidade. Procurei acalmar meu amigo.

– É claro que percebi a diferença! Aquele impostor era muito inferior a você. O colete vermelho dele não brilhava como o seu, e os olhos não tinham a atração que os seus têm. As pernas dele não eram esguias como as suas, por isso desconfiei dele imediatamente. E você me ouviu chamá-lo de impostor!

Após alguns minutos, o pássaro do meu jardim se acalmou e veio comer na minha mão. Então, ambos percebemos que o impostor vinha nos observando secretamente e sentira inveja da nossa cumplicidade. O malvado decidiu que iria ocupar o lugar do meu amigo, deixando de ser um mero pintarroxo, passando a ser "o pássaro do meu jardim"! Mas o danado não conseguiu, e agora podíamos voltar a ser uma só alma.

Não vou mentir, mas, depois desse dia, o meu pintarroxo se transformou em um pássaro extremamente ciumento! Precisei até tratar o jardineiro, a quem eu precisava consultar sobre o jardim de quando em quando, com mais frieza. Mesmo assim, Tweetie nos seguia enquanto andávamos pelo jardim. Ele pulava de uma roseira a outra, sempre bem perto de mim, para ouvir tudo o que dizíamos, e, quando minha voz ficava mais suave, ele interferia, chamando a minha atenção. Chilreava, piava e soltava a voz em trinados elaborados. Certa vez, chegou ao extremo de pousar em um galho bem perto de nós para cantar o mais alto que conseguiu.

Até o velho Barton, com seu rosto encarquilhado e murcho, acabou achando graça naquela situação bizarra.

– Ele está fazendo tudo isso só para chamar a nossa atenção – dissera o velho jardineiro. – Ele não tolera ser ignorado.

Entretanto, eu não o via como um ser arrogante, pois acreditava que ele realmente me amava! Meu pintarroxo cantava de uma forma diferente, mais simples, quando alguém vinha até nosso jardim. Esmerava-se em seus chilreados quando estávamos só nós dois, e uma pessoa que estudava o comportamento dos pássaros me alertou sobre o significado de todos aqueles trinados.

– Essa maneira de cantar é para seduzir uma companheira – disse o informado conhecedor de pássaros. – Ele se apaixonou por você.

Não sei se era verdade ou não. Mas acredito que ele considerasse o roseiral o seu universo e não voaria para longe mesmo em pleno verão. Então, eu o vi voar acima do muro de tijolos e depois voltar, parecendo cheio de remorsos.

– Você foi se encontrar com uma fêmea da sua espécie, não foi? Talvez tenha até se comprometido com ela para se verem na próxima estação.

Ele tentou me convencer de que não era verdade, mas pela primeira vez achei que Tweetie não estava sendo franco comigo.

Na verdade, o pássaro do meu jardim descobrira que o roseiral não era todo o universo e começou a investigar dia a dia o mundo além do muro de tijolos, mas nunca deixou de se aproximar de mim ou de ignorar o meu chamado. Eu lhe disse que era certo que se aproximasse de uma fêmea da sua espécie, mas ele insistia que eu viria sempre em primeiro lugar. Ele amava meus sons de pássaro e demonstrava com o olhar que nada mais tinha importância a não ser nós dois.

E, de repente, deixei de ser a pessoa que usufruíra aquele lugar encantado por nove longos anos. Em algum dia mais invernal, parti para Montreux, onde passei quase um mês. Mas voltei a Maytham por algum tempo, antes de embarcar para a Suíça para sempre. Vi o pássaro do meu jardim, o meu Tweetie, todos os dias e, antes de ir embora, eu lhe contei para onde iria.

E essa era a realidade, da qual ele era apenas um componente. Dois ou três meses poderiam ser uma vida inteira para ele e talvez logo se esquecesse da nossa despedida. Afinal, eu não era um pintarroxo verdadeiro, como ele acreditara no início; era de outra espécie de animal. Perguntei-lhe se ele estaria no jardim quando eu voltasse. Fui embora dali sempre me fazendo essa mesma pergunta.

Quando voltei de um mundo de esportes de inverno, de montanhas cobertas de neve e esquis, tive a sensação de que me afastara por muito mais tempo. Tinha nevado em Kent, e cheguei quase à noite. Pela manhã, corri para o jardim, onde as roseiras estavam sem folhas e não havia mais nenhuma flor. Eu o chamei de todas as formas que sabia e alternava o nome dele com os meus sons. Subitamente, uma flecha de peito vermelho pousou entre meus pés. Ele não me esquecera!

Mas então percebi que ele se transformara em uma alma livre, e teríamos de nos despedir para sempre. Senti uma enorme e profunda tristeza.

Não me entrego muito a lembranças desse período. Voltei ainda uma vez para o roseiral, pela última vez, e o chamei. Não esperei mais do que alguns minutos e ele veio até mim. Eu não conseguiria escrever tudo que disse a ele, que me respondeu com um suave trinado, então lhe afirmei que existem amores distantes que continuam vivos. Também lhe disse que eu partiria no dia seguinte e que provavelmente não iríamos mais nos encontrar.

– Por favor, entenda que o fato de estarmos tão distantes não significa que vou esquecê-lo. Você estará sempre em meu coração, em meus pensamentos. Você é uma pequena alma, e, como também sou uma alma, continuaremos nos amando por toda a eternidade. Não vamos dizer adeus, porque estamos mais próximos do que podem estar seres humanos, com um amor que nunca se acabará. Amo demais você, minha pequena alma.

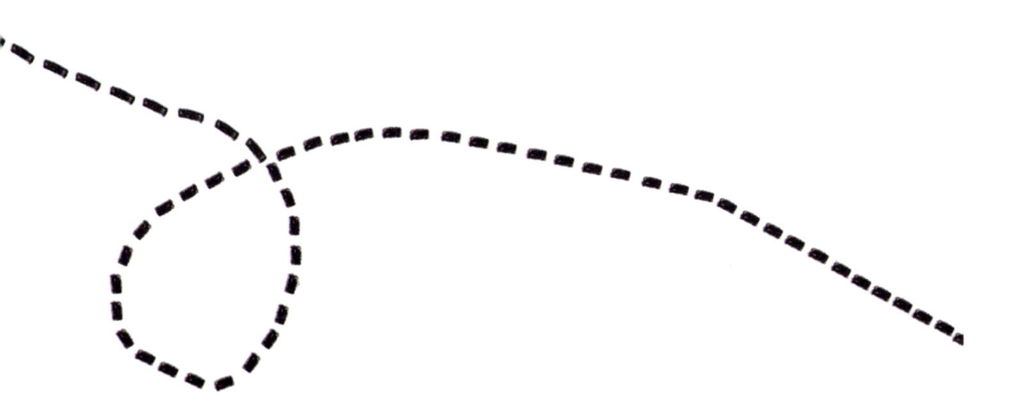

Então deixei para sempre o mítico jardim das rosas. Nunca mais voltei.

Frances Hodgson Burnett, escritora e dramaturga, nasceu em Manchester, Inglaterra, e tornou-se muito conhecida por seus livros infantis, em especial *O jardim secreto*.

Donaldo Buchweitz nasceu na pequena Canguçu, cidade do Sul do país, mudou-se para São Paulo e ama livros desde sempre. É formado em Teologia e Filosofia e já publicou diversas adaptações de livros clássicos e livros infantis de sua autoria.

Venes Caitano nasceu em Palmeirópolis, cidadezinha no interior do estado do Tocantins.
É cartunista, chargista, quadrinista e ilustrador, com obras publicadas em diversos veículos de comunicação.